Todos os viajantes da Lua

Mat de Melo

O original, poema
não editado.
Uma carta de
amor para Lisboa.

dedicação:

Este livro é uma
dedicação a todos os
viajantes da lua,
e à época em que
Lisboa era Lisboa.

Meta Ficção |n|

Um conto falso,

e improvável. Uma

ideia ou uma palavra,

medida em unidades

astronómicas. Pode

desafiar certas

condições e, portanto,

fazer tudo acontecer.

Por exemplo: Para

mover-se ou girar

sobre si, como

por magia. Para
fabricar ou colorir.

Um produtor de
ideias. Um herói num
romance, num palco,
no fundo de uma imagem
em movimento com um
bloco de notas.

Todos os viajantes da Lua

Acto 1

A cortina sobe.

Um café. Uma miúda
em denim com um bloco
de notas está no
canto da sala.
Entrei como uma
estrela de um filme
a preto e branco.

Sentei-me com Viola sob um poster de café delta. Eu tomei uma cola, e a Viola tomou um porto, e juntos nos sentamos num canto e observamos tudo, com uma atenção esperançosa por vários minutos.

"Eu quero pintar a cidade de vermelho.

Eu quero estar em
um palco, e ser
o papel. Quero
derrubar a casa."

*Viola teve
uma ideia.*
"Podíamos roubar um
Porsche e leva-lo
para um passeio, e
ouvir o rádio até
ficar sem gasolina."

Milo desdobra um papel. No papel tinha as palavras *construa-me uma máquina do tempo*, em tinta azul. Uma miúda em denim Levi's azuis com um jovem aristocrata boémio com uma T-shirt branca simples e aviadores retro,

quando todas as
noites um filme e
todos uma estrela,
quando um fogueteiro
de nave espacial
poderia se mover a
40 mil milhas por
hora através do
espaço sideral
na direção da Lua
ou Marte é preso no
seu assento; quando

América significava Kodak e *milkshakes* e passeios de carro no meio do verão; quando todo o mundo era realmente um palco, e todos os homens eram mesmo actores.

"Tu és uma *troublemaker!*"

"E tu és um
super-herói."

Dissolve num:
Apartamento no segundo
andar. Em uma mesa
de carpinteiro,
e um visionário
melodramático de
37 anos. Perto de
uma lanterna de
querosene e um

memorando sobre

monstros e pesadelos

e ficção, e algo lindo

que é produto de uma

imaginação retroactiva.

Em como nós tínhamos

uma obrigação; uma

responsabilidade

universal, e o mundo

está à nossa espera.

**Eu miro numa
frequência de
rádio estática.**

Numa caixa de cartão,

e numa cianotipia de

70 palavras.

 Uma geração

definiu a norma:

Traz uma câmara

descartável. Gira

à roda, dial in,

roda a fita. Uma
geração desenvolve
uma filosofia. Uma
revolução é tida.

Eu tive outra
impressão, num
apartamento, a
queimar o óleo
da meia-noite.

O tempo passa
depressa. E as
probabilidades
estavam quase sempre
contra nós. Mas, no
entanto insistimos,
que uma coruja
nocturna não pode
ter sono à noite.

**Num FIAT Berlina
de 1971,** a ver
estrelas. Um caçador
de ideias e uma
criadora de cores têm
uma garrafa de vinho
tinto. Milo e Viola
miram a Ursa Maior
e começam a ver tudo
em cores primárias.

*Viola tinha o
radio, e eu tinha
o marcador.*

O rádio está ligado.
"Um poeta não é uma
pessoa comum. Ele diz
muitas vezes coisas
malucas, coisas não
possíveis. Ele tem um
marcador permanente."

Viola mirou um rádio e fez uma pausa. Eu virei me, pausei e tive uma ideia. Uma flor é uma flor, e um catcher in the rye é um catcher in the rye. Uma geração alternativa está pronta com antecipação.

"Palavras pintam quadros, e foguetes vão à lua."

Um autocarro

deslizou dentro.

"Em papel, e em

tinta azul?"

"Ele amarrou um laço

à volta dela, tirou-

a da estratosfera.

Está no bolso dele,

e está a brilhar no

escuro, e é certo que

o vai denunciar."

"E então?"

"E, como ficção,
como uma reação
química. Num boxcar,
cercado por sonho."

"Em papel um
manual de usuário,
em como fazer uma
lua de papel."

Atrás de nós,

velas romanas

explodiram. Viola

se virou e fez

uma pausa, e eu

me virei e fiz uma

pausa, e assisti

a nós num filme

que tinha em fita.

Vinho em caixa, e hipérboles. Sobre os 3,70 que eu tinha e guardei e depois desperdicei. Na 73rd street e Broadway a beber uma cola.

No Rio e Roma e Madrid. Por todo o mundo. Há procura de todas as possibilidades, a

fazer todos os erros.
Em um manual de
filósofo, sobre
palavras no papel.

No Bairro Alto,
com uma câmara
descartável barata
e 24 exposições, e
um marcador azul.

Uma dissertação
de 3100 palavras
sobre Juno e Marte.
Em Eros e flechas,
e reacções químicas.

Numa bóia com
reflectores vermelhos
que projectaram por
vários quilómetros
sem nenhuma direcção
em particular.

Casino Estoril.

Eu tomei um gin

e tónica no bar.

A ideia? Mais info

sobre as Coisas Jovens

Brilhantes no bar,

e avisar todos de

uma subcultura de

pessoas que avançaram

para o Porto e Madrid

e Roma, cada um

super-herói.

Então, eles calcularam
a distância entre eles
e a lua, e calcularam
o custo da gasolina;
velocidade, distância,
tempo.

Eu imagino uma
abertura, acto 1.
Puxado pela gravidade,
empurrado pela
minha imaginação.

Para um pano de
fundo azul e marrom e
vermelho. Viola tomou
uma cola genérica no
chão com um bloco de
notas. Eu miro um
marcador azul, num
pano de fundo azul
e marrom e vermelho,
assentando as bases de
uma escola especial
de pensamento num

apartamento do
segundo andar. Num
palco, e como em um
filme que eu tinha na
fita. Há um gerador de
ideias. Tudo em ficção,
ele desenvolveu uma
máquina do tempo.
Ele imaginou um ponto
numa linha num mapa.
Em Espanha, a fazer
nenhum erro.

Dissolve num: Milo está
numa t-shirt branca
básica, numa mesa com
uma máquina de palavras
portátil. Faz um esboço.
Usa cores saturadas.
Não te preocupes em
ficar nas entrelinhas.
Estás aqui para salvar
o mundo. Depende de
nós. Considere isso:
que um *ideamaker*

não dependem de ser
compreendidos, e que
ser incompreendidos
também é o que nos torna
diferentes. Vermelho,
amarelo, azul, consigo
ver os cartazes daqui.
Eu consigo ver uma
imagem em movimento
à distância. Posso
ouvir o som das
palavras no papel.

Eu posso ver a Lua.
Eu consigo ver um
Rocketeer. Eu consigo
ver uma máquina do
tempo. Está lá, é
ficção, e pertence-te.

**Eu miro em uma
bóia verde no
Cais do Sodré.**

Viola tinha cigarro,
e eu tinha a caixa
de fósforos. Eu tinha
um Walkman azul, uma
cassette, e eu e a
Viola nos sentamos
numa caixa com os
fones no ouvido.

E eu estou intoxicado
numa ideia que eu tive
num bar em Madrid.
Eu miro um farol,
e depois pauso.

"Eu sou um
romântico, e um
sentimentalista,
e embora soubesse
que nada podia
durar para sempre,

sei que fiz tudo
o que podia para que
assim o fosse."

"Eu gostaria de
pensar que sim. Num
movimento nomeado
*the manufacturers of
ideas*. Num anúncio,
em palavras de póster,
uma comédia-trágica.
Nos cinemas, a 13

de Julho. 310, 540
e 830."

*Viola toma um
vinho tinto. Milo
tem uma ideia nova.*
"Tudo o que sempre
quis foi tudo, mas
tudo o que sempre
tive foi ficção."

*Viola mira um
autocarro a deslizar.*
"E depois?"

*Milo faz uma
pausa.*
"Vamos andar por
aí e beber espumante,
e comportar nos
mal, e fingir que
a noite pode durar
para sempre."

Um táxi deslizou

e Viola teve

uma ideia.

"Acto 2, cena 3.

Eu sou o herói, e

tu es o narrador."

É de noite, algures em Lisboa. Teve uma caixa de espumante. Viola está no chão com um rádio transistor.

Eu desdobro um memorando: *Madrid, Barcelona, Roma. Traz um bloco de notas. Dá uma volta, faz um erro.*

A Lua está tangerina,

e a noite é a cor azul.

"A Lua, as estrelas.

Estas luvas. Há

mais, e se não,

então o que há?"

"Há provas. Há magia.

Do material de que

são feitas as palavras.

No papel, há uma miúda

em denim num Renfe

da meia-noite de 10 horas, de Lisboa a Madrid, tudo em ma ideia. Que sonhou em cores. E lá estavam as palavras, *La Espera.*

Eu tinha uma garrafa de espumante bom e barato. Viola também tinha uma. Eu e Viola fizemos um brinde

atrás do outro, "...A
ti, a mim, a nós, aos
incompreendidos...",
e com cada brinde
batemos as nossas
garrafas sob a Lua em
uma máquina do tempo.

"Boa noite, lua de
papel. Boa noite luz
brilhante. Boa noite,

boa noite. Boa noite,
noite tardia."

Era só meio noite,
mas era sempre só meio
noite para um coração
intoxicado. E então,
começou um projecto
diferente; um romance
de 50 mil termos que
eu apaguei e apaguei
até que tudo o que me

restava era a poesia
entre as linhas.

Eu tinha um guia de
um sonhador de 830
palavras à Via Láctea
e bom espumante barato,
e um guia de um sonhador
de 830 palavras à Via
Láctea e bom espumante
barato era código para

a noite é uma criança,
e também nós.

Eu subo para uma
caixa de cartão,
como se não fosse
uma caixa de cartão
qualquer, e como
se não fôssemos
pessoas quaisquer.

Então, toda a noite

Milo e Viola tiveram

bom espumante a ouvir

o rádio, e fingiram

que estavam num

melodrama nomeado

The Roaring Twenties.

Acto 2

A midnight show

enografia: um pano
de fundo azul, e uma
estrela de papel que
Viola colora.

Há um papel de
memorando no chão.
Há uma máquina de
escrever e um
projetor Super 8.
Há um cartaz de filme
e um rádio AM/FM.

Fade in: Em um
projector de imagens
em movimento. Em 500
mil quilowatts de

partículas de poeira
espacial. Numa
escada abaixo de
uma lua de papel.

**Um poeta tem um
diapositivo colorido,**

e todo o mundo em negrito,

cores saturadas e sem

limite ou excepção.

Elegível para qualquer

pessoa com resolução

e em todas as condições.

Ele considerou qualquer

coisa, e tudo quanto

possível.

Um sonho é um sonho;

um lápis de cera

descontinuado, mas

um lápis de cera,

no entanto.

Sintonizei-me com

num carro de elétrico.

Numa carrinha Ford

retro com listras

castanhas e vermelhas

e tangerina e o número

73 colado nas

duas faces.

  Eu sentei-me num

degrau de um teatro

e li *Babylon Revisited*

na *The Saturday*

Evening Post. Então

considerei a ideia,

uma ideia quase

impossível que tive

quando tinha 10 anos,

sobre como as
palavras têm efeito.

    Foquei-me num
anúncio de vinho do
Porto num autocarro.
Releia as minhas notas,
recostei-me e observei
tudo a acontecer.

Dissolve num:
O teatro no Dom Pedro.
Um vagabundo de
camisa de lã com
um violino toca
O Cisne de Saint
Saëns perto de uma
caixa de panfletos.

Num cine-teatro.

Milo está no lugar
3A e Viola está
atrás dele no 4B.
Um projetor projectou
um filme na tela.

Milo vira-se para
Viola com uma câmara
descartável. Ele
pergunta-se se tem
tempo, e se ele e a

Viola estão em uma
imagem em movimento.
Então, um melodrama
é tido.

*Corte para: Milo
no palco. Um feixe
de projetor está
em Viola.*
VIOLA: ... A cortina sobe
numa miúda que se foi
para Barcelona. Perto do

Teatro Borràs. Debaixo
da Lua. Para o qual
perseguimos a Noite.
Desafiamos o que é normal
e nos afastamos do uso
literal das palavras.
Para colorir tudo.
Numa ideia quase
possível que pretende
ser tomada literalmente.

Cortina fechada.

MILO: A cortina sobe.
Num herói. Num carro
de caixa. Num palco,
e em ficção: porque é
isso que todo o mundo
quer; uma máquina
do tempo, e aquela
sensação quase possível
de que estás numa imagem
em movimento, e que
tu estás no meio da
tua parte favorita.

VIOLA: Tu és um deus
ex machina.

MILO: A lua, as
estrelas. Tudo.
É nosso para ter.

VIOLA: E um romântico.

MILO: Tu és
feito de matéria

de que são feitos
os sonhos.

VIOLA: E tu és um
aderecista, cercado
pelo sono.

MILO: Cercado
pelo sono e numa
lua de papel.

*Viola se vira para
o projector.*

VIOLA: Eu quase
consigo ver Barcelona
de aqui. O peso do
Universo. Gravidade
puxa-me para si, e
algures há um adeus.

Milo tem um antídoto.

MILO: ... A sua
conquista merece o

melhor da humanidade.
Não porque seja fácil,
mas porque é difícil.
Por que a lua? Por
que ficção? Porque
está lá. Porque as
palavras colorizam,
e porque eu e tu
somos diferentes.

*Viola virou-se para
a tela e novamente
virou-se.*
VIOLA: Como
tinhas em fita?

*Um feixe de projetor
está em Milo. Viola se
vira para um teatro
vazio e, juntos, Milo
e Viola leem linhas do*

*Acto 2, tudo em
palavras em papel.*

Uma paragem de auto-carro no Rato.

Estou em um traje de
voo, e Viola com uma
capa de poliéster.
Começa a chover.

Desdobrei o papel em
três partes, depois
li o poema em voz alta,
com uma voz quase
demasiado baixa
para se ouvirem
as palavras.
"*Em defesa dos
incompreendidos.
Sem Barcelona e
sem Miró. Sem rádio,
e sem botão. Sem*

Billie Holiday,
e sem Harlem Dream.

Sem uma máquina de
palavras e sem a luz
verde numa enseada
com refletores que
projetam um feixe de
luz em nenhuma direção
específica.

Sem drama, sem
Acto 2. Sem medida
do tempo, e sem
sentido de urgência
que apenas um
sonhador poderia
entender. Sem guia
para a Via Láctea, e
sem a publicaçãodo
cidadão democrático.

Sem exageros, sem
lua de papel. Sem
Malucos, e sem os
que fazem a diferença.
Sem caixa de cartão
comum, e sem *rocketeers*.
Sem vinho tinto
bom e barato e sem
reações químicas.
Sem cineteatro,
sem filme e sem
parte favorita.

Sem lamparina a
óleo, e sem rádio
transistor. Sem
Kerouac e sem
sapatos vagabundos.
Sem geração Beat, e
sem revolução. Sem
tinta azul, e sem
filosofias das 2
da manhã. Sem chance
tomada que seja sem

razão ou errada,

e sem erro.

Sem maravilha, sem

caça e sem filosofias

em bloco de notas.

Saqueia o museu de

Barcelona. Rouba

tudo em vista!'"

Viola guardou a
poema no seu bolso.
Continuou a chover.
E, juntos Milo e
Viola estão na
paragem de autocarro
com retrospecção.

Acto 3

No Bairro Alto.

As palavras saltam
das páginas. Ele
é o protagonista.
Cada palavra é
sobreposta no papel
como por magia.

3 horas da manhã.
Ele dobra o papel
em terços. No bolso
do casaco está um
poema, que ele carrega
consigo como se fosse
um manual.

Um clube de jazz.

Na mesa 13. Uma miúda
com um gorro leu um
excerpto de um
bloco de notas.

"O que aconteceu a
todos os viajantes da lua?
Já foram, ou estão
elegantemente atrasados?
Guardaram os seus sonhos
num jarro? Ou não os têm?"

A música começou em
contratempo. Então,
o baixo. O excerto
deixou uma marca
em todos na sala.
Havia magia no ar.
Tinha um cigarro.
O show continuou.

Dissolver para:
Bairro Alto. Eu
deambulei pela noite
dentro, da rua do Norte

em direcção aos cafés
na rua Augusta.

Os cafés tinham
fechado. Havia um
táxi em dona Maria.
Ninguém estava lá
além de mim e da lua.
Eu deitei-me, sob as
estrelas em cartolina.

Encontrei uma moeda
no chão. Outro desejo

desperdiçado, pensei
eu. Decidi então que
os desejos não expiram,
assim guardei a moeda
para outra ocasião.

Por acaso um sonho,
uma *wordpicture*.
Madrid pode ser vista
à distância. Muitas
estrelas pontilham
a estratosfera. Uma
estrela é mais brilhante

do que as outras, como
algumas estrelas são.

Um romantic, *all-in* em
uma ideia, a fazer
nenhum erro, porque
alguns sapatos são
feitos para andar,
e porque o propósito
de uma flor, é a flor.

Fade in en un tren a
Madrid, e uma miúda
em denin Levi's azuis,
se foi para salvar
o mundo.

**Em Super 8, 24
fotogramas por
segundo.** Um projetem
papel. Um rádio
transistor. E uma
lua quase cheia.

Tomei uma cola num
bar da rua da Rosa.
Eu comecei uma ideia,
um olá La Luna de
300 palavras que eu
poderia dobrar em
terços e mandar a
uma miúda em Espanha.

Numa máquina de
escrever portátil,
numa sala com um
póster onde queimei

o óleo da meia-noite,

no verão quando o

ar é ainda mais azul,

à noite no telhado de

um teatro onde um

super-herói comum era

suspeito de colar

poemas em paragens

de autocarro, quando

10 mil sonhadores

desobedientes, tudo

na ficção, marcharam

contra as ideias
normais.

Palavras em papel,
eu exagerei tudo, e
como na arte, estava
à frente da vida.

**Num Mercedes–Benz
taxi.** Um manifestante
solta panfletos com
um canhão. O papel
parecia cair do espaço.
Eu tinha mais uma foto
no rolo. O condutor de
táxi estava com o rádio
ligado. E então pode-se
dizer que estávamos
numa supernova de
papel confetti.

Eu pausei para uma
foto no tejadilho do
carro como se estivesse
num filme. No papel, e em
tinta permanente, pode
ser uma nota de rodapé,
num divino melodrama.

Por sua vez, um
contorno é obtido e,
a partir dele, outra
geração tem algo que
pode chamar de seu.

Então, como ficção,

num apartamento no

segundo andar, uma

impressão de filme Kodak

Super 8 cintila através

de um projetor, 24

fotogramas por segundo,

e como magia, fez a

ilusão de movimento.

Outros poemas de
Mat de Melo,
Ficção S.A., 2024

Siga a subcultura,
matdemelo.info

Escreva-nos

nova ink printhouse
novainkprinthouse
@proton.me